My first Arabic Book Of
الحيوانات
ا ب ت

Wonder House

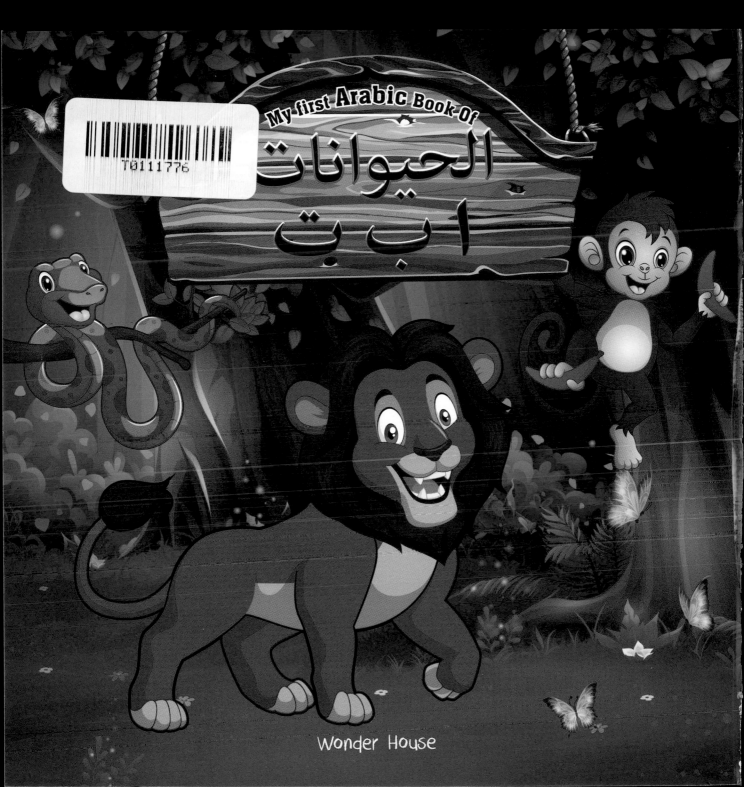

ا
alif
lion
أسد
(asada)

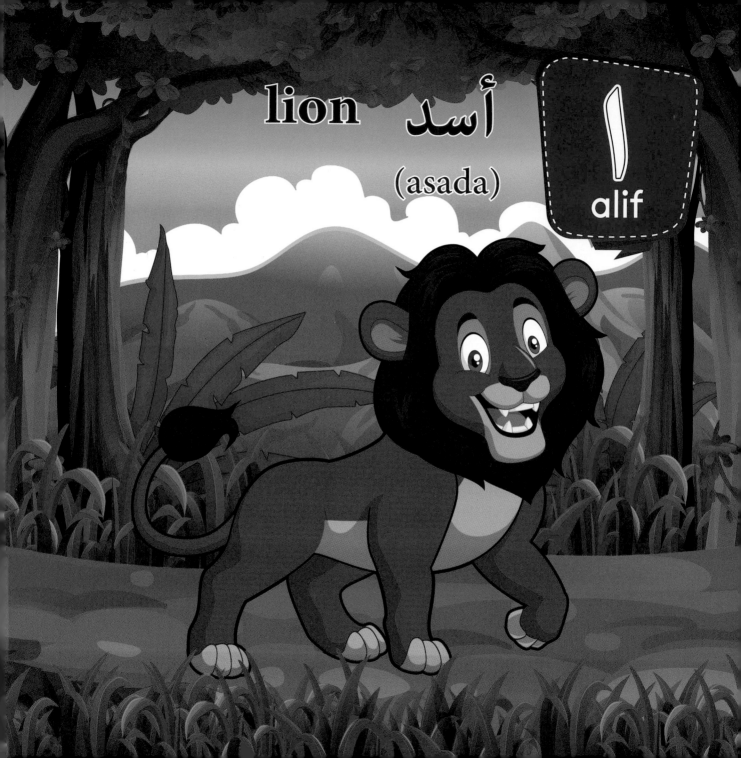

ب
baa
duck بطة
(bata)

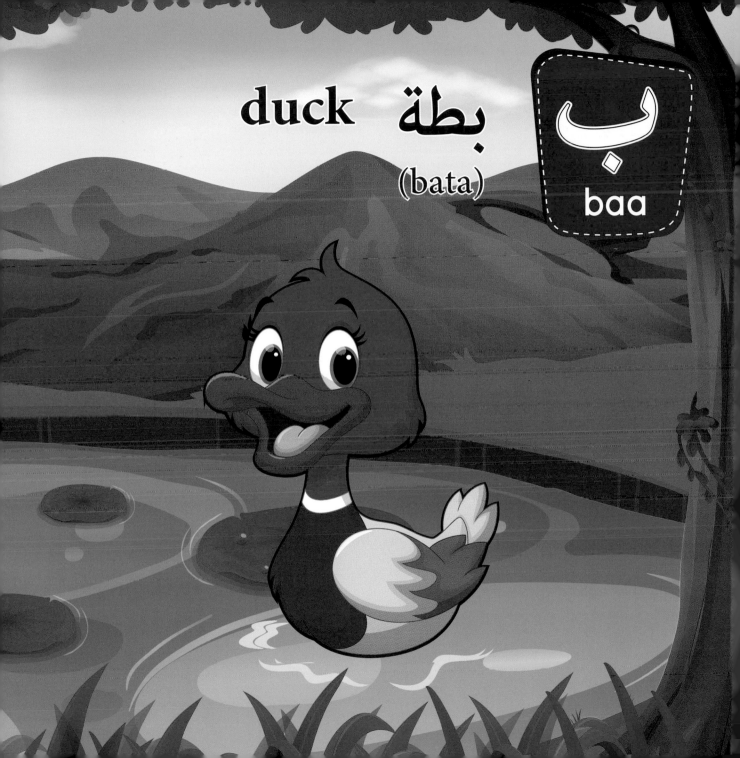

crocodile

تمساح
(tamsah)

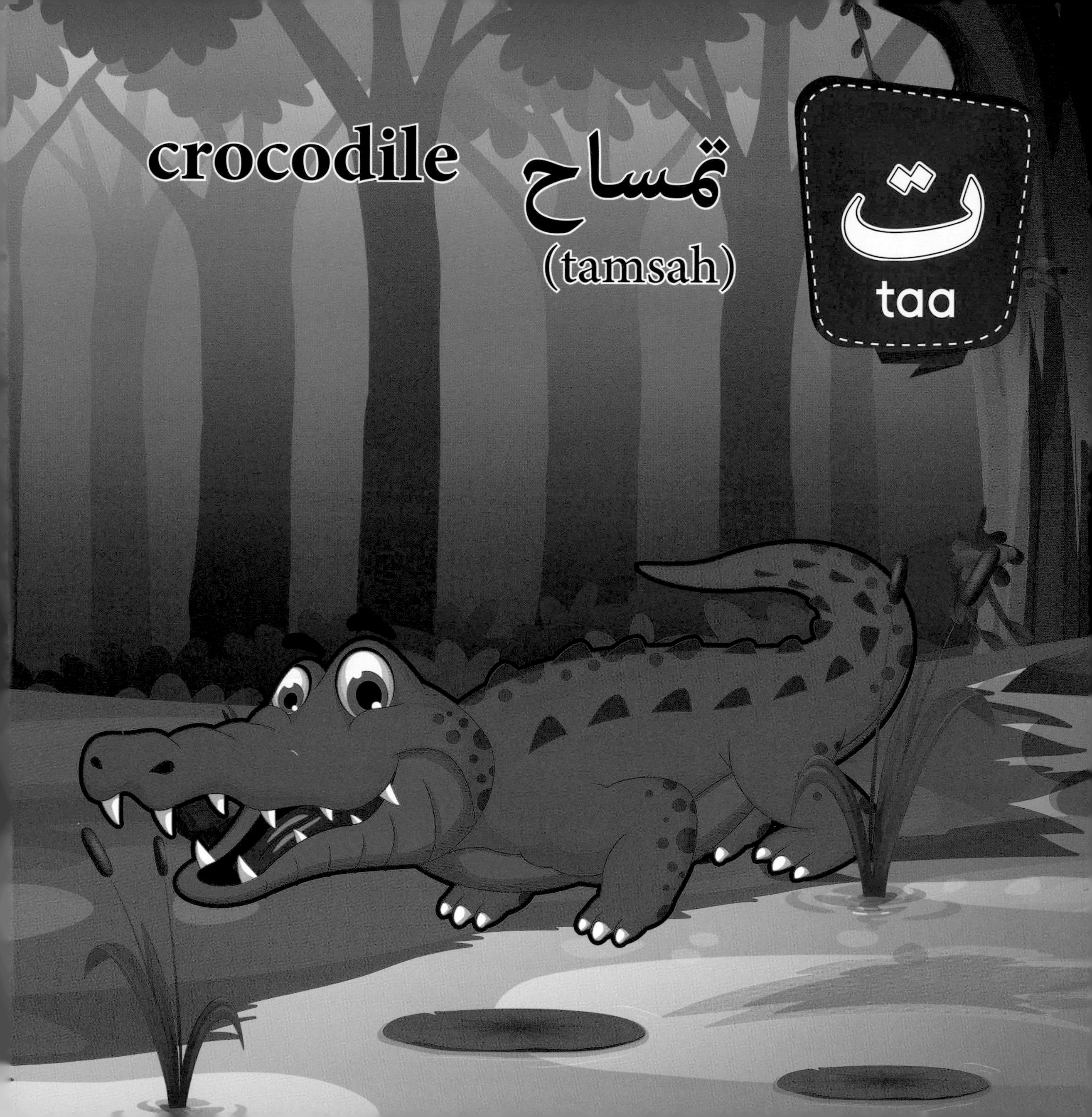

ت

taa

snake

ثعبان

thueban

ث

thaa

camel

جمل

(jamal)

ج

jiim

whale حوت
(hawt)

ح
haa

sheep   خَرُوف
(khuruf)

خ
kha

rooster

ديك

(dik)

د

daal

wolf

ذئب

(dhiyb)

ذ

dhaal

ر
raa

raccoon

راكون

(rakun)

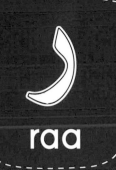

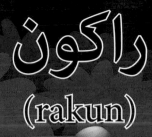

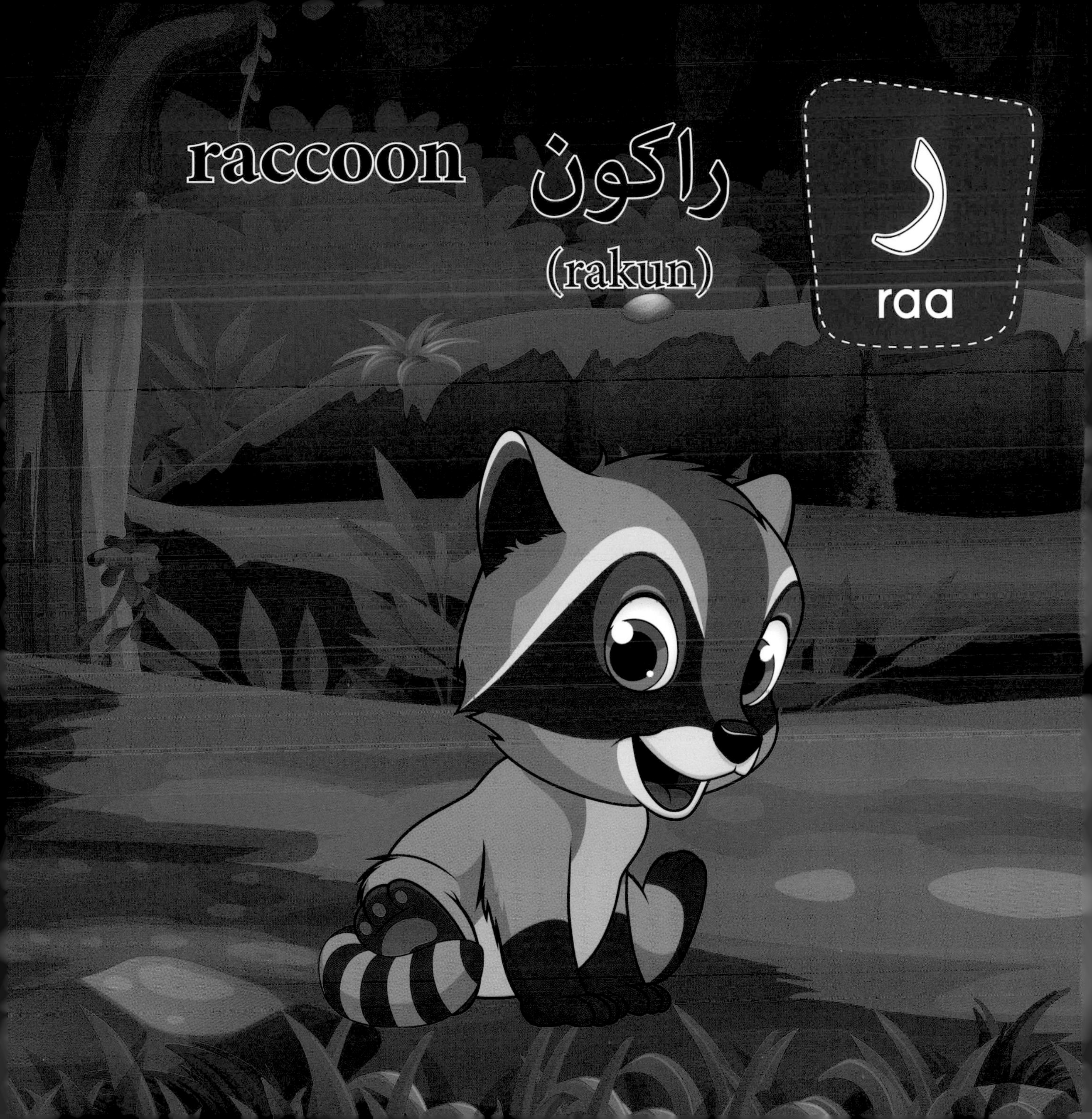

giraffe زرافة
(zirafa)

ز
zaa

fish سمك
(smak)

س
siin

cub
شبل
(shabal)

ش
shiin

ص

Saad

صقر

(saqr)

hawk

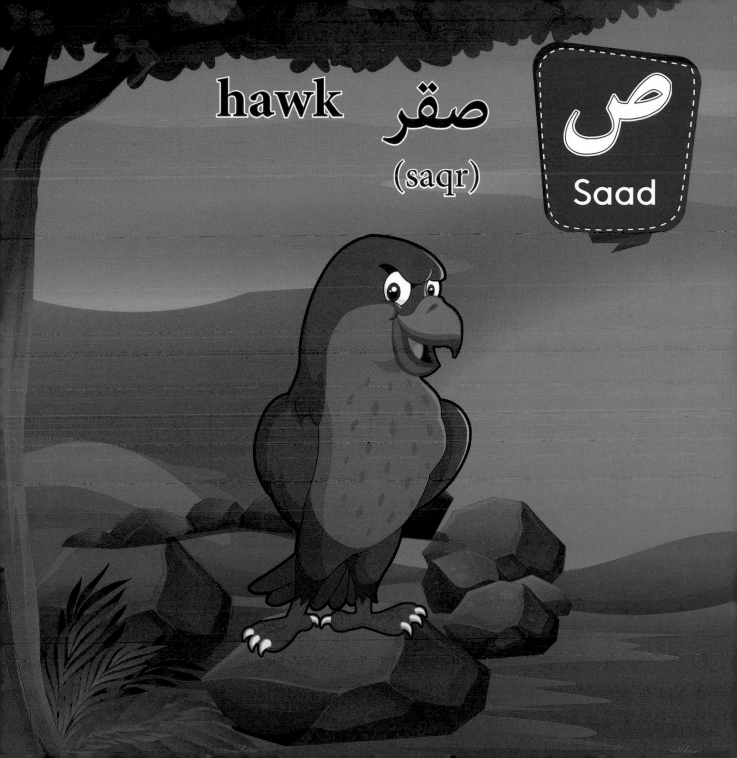

frog ضفدع
(dafadae)

ض
Daad

peacock

طاووس
(tawwus)

ط

Taa

antelope

ظبي
(zabi)

ظ
Zaa

sparrow عصفور
(esfewr)

ع
ayn

غ
ghayn

غوريلا gorilla
(ghawrila)

elephant

فيل
(fil)

ف
faa

ق
qaaf

monkey قرد
(qarad)

ك
kaaf

كنغر kangaroo
(kanghar)

ل
laam

llama لاما
(llama)

م
miim

ماعز goat
(maeiz)

نﹾ

nuun

نَمِر

(namur)

tiger

haa

هُدْهُد هُدْهُد   hoopoe

(hudhud)

و
waaw

وحيد القرن
(wahid alqarn)
rhinoceros

ي
yaa

يمامة
hamama

dove